Sophie Chérer

L'Ogre maigre et l'Enfant fou

Illustrations de Véronique Deiss

Neuf
l'école des loisirs
11, rue de Sèvres, Paris 6e

Du même auteur à *l'école des loisirs*

Collection Mouche
Les hamsters n'ont pas de voix
Mathilde à la déchetterie
Mathilde est tous les animaux
Ne me raconte plus d'histoires, Mamam

Collection Neuf
Une brique sur la tête de Suzanne
Le cadet de mes soucis
La seule amie du roi

Collection Médium
Quand je pense à la Résistance
Ambassadeur de Sparte à Byzance
L'huile d'olive ne meurt jamais

ISBN : 978-2-211-06622-8

Loi n° 49.956 du 16 juillet 1949 sur les publications
destinées à la jeunesse : mars 2002
Dépôt légal : mars 2008
Imprimé en France par Hérissey à Évreux - N° 107762

Pour Virginie et Simon Lagache

Sommaire

J'AI FAIM.

Chapitre 1

Avant, il y a longtemps, l'Ogre était chasseur. Et tout maigre.

Au gigantesque pays des Ogres, tout le monde mangeait enfin à sa faim.

Ce n'était pas trop tôt.

Car le peuple des Ogres avait connu la disette, la pénurie, le dénuement. Il avait pleuré misère et crié famine, et personne ne lui avait répondu. Longtemps on avait vu des Ogres maigres parcourir les forêts dans tous les sens à la recherche de leur pitance. Ils n'avaient que leur grande peau sur leurs grands os. L'avantage, c'est qu'ils étaient légers et qu'ils pouvaient courir très vite après leurs proies, des Enfants dodus vite essoufflés.

Mais le peu de calories qu'ils emmagasinaient en mangeant, ils le reperdaient aussitôt en courant. Courir, manger, courir, manger. Il fallait recommencer tout le temps.

Aussi, un jour, le plus malin d'entre les Ogres avait eu une idée. C'était le plus malin car c'était le plus paresseux. C'est bien connu que les idées viennent, non pas quand on les cherche en s'agitant dans tous les sens, mais quand on se rend disponible pour elles, pendant la sieste par exemple.

Son idée était simple.

Pour ne plus s'épuiser à chasser les Enfants, il suffisait de les avoir sous la main. Pour les avoir sous la main, il suffisait de les enfermer. Et pour les avoir enfermés en quantité suffisante, il fallait savoir ne pas se jeter sur eux pour les dévorer tout crus, mais patienter, les garder, les nourrir, les faire prospérer, en un mot *les élever.*

Comme toutes les idées géniales, celle-ci avait mis du temps à convaincre. Les Ogres n'aiment pas se remettre en question, ni être dérangés dans leurs habitudes. Il y eut quelques bavures. Quelques Enfants croqués avant d'être élevés.

Et puis, le nouveau mode de vie fut adopté par la plupart, dans la douleur. Au début, les Ogres souffraient plus que jamais. Ils maigrissaient encore, si c'est possible. On eût dit que même leurs os rétrécissaient, que même leur peau s'amenuisait. Pourtant ils ne s'épuisaient plus en courses folles à travers la contrée. Mais ils se minaient de l'intérieur. On les voyait passer et repasser devant les enclos en bavant de faim et d'envie. Le pire, c'est que, pendant qu'ils regardaient les Enfants grandir et engraisser, les Ogres devaient leur faire la cuisine, matin, midi, quatre heures et soir. Et ça c'était une vraie torture.

Parce que, bien sûr, il fallait que les repas soient équilibrés, ni trop ci, ni trop ça, variés, riches en protides, en glucides, en lipides, en vitamines, en oligoéléments, en calcium. Mais en plus ils devaient sentir bon, être bien présentés, avoir des couleurs harmonieuses et un aspect attrayant. Il fallait que ce soit appétissant, que ça réjouisse le palais et l'estomac, et qu'on s'en pourlèche les babines, et qu'on ait envie d'en reprendre. Et Dieu sait si les Enfants sont difficiles.

Heureusement, les Ogres avaient conscience de se sacrifier pour quelque chose qui en valait la peine : la nourriture assurée jusqu'à la fin des temps.

CHAPITRE 2
Un brin de paille au coin des lèvres

Il y eut un âge d'or dans la civilisation des Ogres.

À force de promener les Enfants dehors par tous les temps, ils avaient attrapé un teint frais, de bonnes joues roses, des muscles puissants. Pendant qu'ils gardaient leurs petits troupeaux dans les prés, ils avaient le temps de lire, de rêver, et de réfléchir à la marche du monde. De faire la sieste aussi, à l'ombre d'une meule de foin, un brin de paille au coin des lèvres, ce qui a vraiment le

chic pour enjoliver la vie. Rien ne les pressait. Rien ne leur faisait peur. Rien ne leur faisait envie. En somme, les Ogres étaient heureux. Les Enfants aussi. Ils avaient la belle vie, quoique courte.

Leurs pasteurs les emmenaient se balader dans les plus beaux endroits, se baigner dans les claires fontaines, faire de la luge sur les pentes enneigées, cueillir des fraises, des champignons, des fleurs sauvages et des cerises. Ils leur donnaient à manger tout ce qu'ils aimaient, des gâteaux, du pain avec du beurre et de la confiture, du poulet rôti, des pizzas, des blinis avec du tarama, de la purée, du chocolat, des spaghettis à la carbonara.

Le gigantesque pays des Ogres était splendide en ce temps-là. On pouvait y apercevoir des Enfants un peu partout, dans les champs, par les chemins, au fond des bois. Leurs chères têtes blondes, rousses, noires et brunes mettaient des caramels au beurre dans les grands plats verts des prairies. La Nature tout entière résonnait de leurs chants, de leurs rires, des grelots de leurs hochets et des sonnettes de leurs vélos à petites roues. Ensemble, côte à côte et parfois même main dans la main, les Enfants et les Ogres s'asseyaient au sommet des collines et regardaient passer les nuages aux formes étranges, les oiseaux migrateurs et les étoiles filantes. Ensemble ils cueillaient des bouquets, ensemble ils dénoyautaient des quetsches pour la tarte. Ensemble ils fabriquaient des cabanes à toit ouvrant pour dormir à la belle étoile et contempler le firmament.

Ils pressentaient, sans se le dire, qu'ils partageaient alors quelque chose d'essentiel, au-delà de leurs différences. Car ensemble ils goûtaient à la beauté du monde. Et chacun était à sa place.

On aurait pu vivre ainsi plus d'un million d'années, comme dit la chanson, même si ça n'eût pas toujours été en été.

Ça pouvait durer longtemps, en tout cas. Et ça dura.

Mais pas toujours.

Car le problème, avec le progrès, c'est qu'une fois qu'il est lancé, il ne veut plus jamais s'arrêter.

Chapitre 3

Le progrès est un ogre pour l'Ogre

Tout commença par la colère de Ventre-Saint-Gris.

C'était un jeune Ogre qui avait bien réussi à l'école, qui avait l'esprit critique très développé et qui se mettait très souvent en rogne, en rage, en ire et en pétard. Comme il était cultivé autant que soupe au lait, il employait dans ses diatribes des mots recherchés, anciens parfois, et des injures raffinées, ce qui l'avait fait surnommer Ventre-Saint-Gris, en hommage à – chacun devrait le savoir mais autant le rappeler – l'interjection favorite du bon roi Ogri IV, celui-là même qui jadis, au début du XVIIᵉ siècle, avait prescrit à son peuple un Enfant à la casserole tous les dimanches.

– Saperlipopette ! hurla un jour Ventre-Saint-Gris. C'est que je n'ai pas l'intention de passer toute ma vie dans la gadoue à surveiller des petits mal élevés que je ne pourrai même pas me mettre sous la dent avant des années, moi ! J'en ai assez de me coucher avec les poules, cornegidouille ! La transhumance, j'en ai ras le bol, que le Diable me patafiole ! Je veux plus d'Enfants, plus de temps, plus d'argent ! Je veux m'amuser ! Je veux voyager ! On n'a qu'une vie et moi je ne veux pas la gâcher attaché à un piquet à tourner en rond dans un carré d'herbe, à cuisiner toute la journée, sans parler de la vaisselle, et de la lessive, et des biberons, et de leur raconter des histoires le soir pour qu'ils dorment bien et qu'ils aient un teint de rose au réveil ! ÇA SUFFIT !

– Tourner en rond dans un carré, c'est déjà un exploit... commença son père, Ventrebleu.

– Tête de mort et tibias croisés ! Éclairs, nuage noir, spirale en furie ! rugit Ventre-Saint-Gris comme si on était dans une bande dessinée.

– Et d'ailleurs, hasarda timidement Ventrebleu, ces petits mal élevés, comme tu les appelles, c'est *toi* qui les élèves... Il n'y a pas d'Enfants mal élevés, il n'y a que des Ogres mal élevants.

C'en était trop pour Ventre-Saint-Gris qui sortit de ses gonds et de la maison de son père en claquant la porte, et en abandonnant ses ouailles.

Et il partit sur les routes, vers son nouveau destin.

Son idée était simple.

Il y avait sûrement, dans le gigantesque pays des Ogres, d'autres Ogres comme lui, intelligents et ambitieux, qui rêvaient d'améliorer la condition ogresque, de rendre la vie plus facile et de gagner plus d'argent, de préférence en travaillant moins. Or, pour

améliorer la condition des Ogres, il suffisait de modifier un peu celle des Enfants.

Au lieu de les laisser libres de courir

n'importe où dans la Nature, de crotter leurs petits souliers et de déchirer leurs petits habits, on allait leur construire des cages.

Au lieu de leur cuisiner tous les jours de bons petits plats, onéreux et très longs et fatigants à préparer, on allait mettre au point une bouillie pas trop chère, la même pour tous, et la fabriquer en quantités industrielles.

Et puis surtout, au lieu d'obliger tous les Ogres à élever eux-mêmes les Enfants destinés à leur consommation personnelle et familiale, on allait diviser le travail, spécialiser les tâches et créer une branche professionnelle bien particulière réservée à quelques-uns. Comme ça les autres pourraient exercer des tas de métiers variés, passionnants et qui rapportent gros : publicitaire, vendeur, Ogre politique, fabricant de boîtes de conserve, etc.

– Mais alors vous voulez dénaturer les Ogres ? s'étonna un journaliste.

– Pas du tout, répondit Ventre-Saint-Gris. Je veux au contraire leur permettre d'accomplir leur destin, nom d'un chien ! Je veux faire tomber leurs chaînes, nom d'une chienne ! Je veux abattre les murs de leurs prisons, nom de nom !

Le contraire de ce qui attendait les Enfants, en somme. Mais, comme en ce temps-là les Enfants n'avaient pas leur mot à dire, on ne sut jamais ce qu'ils pensaient de tout ça. Puisque tous ces changements tendaient vers un seul but : le Bonheur de l'Ogrité, ceux qui pouvaient avoir des réserves les mirent dans leur grande poche avec leur grand mouchoir par-dessus.

La science fut mise à contribution. Un prestigieux savant nommé Ventre-à-Terre s'enferma dans son laboratoire pour élaborer en un temps record une sorte de médicament. Au début les Ogres n'étaient guère convaincus. Ils étaient même sceptiques. Voire hostiles.

– Médicament ? Mais nos Enfants ne sont pas malades ! protestaient-ils. Regardez-les ! L'œil clair, le mollet ferme, les épaules potelées !

– Mieux vaut prévenir que guérir, leur répondaient en souriant des Ogres en costume gris, l'attaché-case à la main, qui avaient déserté la terre et les travaux des champs pour gagner des fortunes. Car sur chaque flacon de produit vendu, ils touchaient une forte commission.

– D'ailleurs, continuaient-ils, ce ne sont pas des médicaments *contre les maladies*. Ce sont des médicaments *pour la santé*. Nuance ! Vous n'êtes pas hostiles au Progrès, au moins ?

Ah, le Progrès ! Le Progrès était devenu un dieu. La Nouveauté, une sainte. La Science et la Technique, des paroles d'Évangile. Aussi personne n'osait répondre si.

Personne, sauf un.

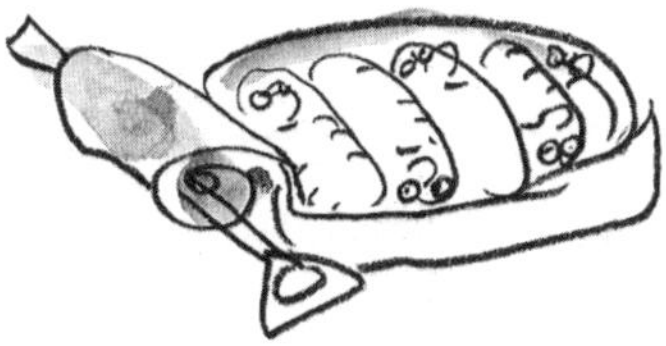

Chapitre 4

Dialogue de sourds entre un gros ventre et un grand cœur

Il s'appelait Ventre Affamé et, contrairement à ce que dit le proverbe, il avait des oreilles. Dont il se servait pour entendre. Et des yeux, qu'il utilisait pour voir. Et un cerveau pour réfléchir. Et un cœur pour sentir. Il avait tout, et il s'en contentait. Il vivait comme avant lui avaient vécu son père, et le père de son père, et ainsi de suite jusqu'à la treizième génération.

Et ce qu'il entendait et ce qu'il voyait ne lui plaisait pas du tout.

Il n'avait jamais mangé d'Enfant tous les jours. Le dimanche seulement (comme l'avait préconisé en son temps le bon roi Ogri IV de joyeuse mémoire) – et encore, pas toutes les semaines – ou quand il recevait des amis à dîner. Ses Enfants étaient les meilleurs, les plus beaux, les mieux élevés de toute la contrée. On sentait dans leur chair gôuteuse qu'ils avaient été nourris, promenés, caressés, veillés et même tués avec soin. Avec respect. Et gratitude. Il n'osait plus dire en public : *avec amour*, car les autres se seraient moqués de lui. Il le pensait seulement, si fort que ça se voyait dans ses gestes nobles, dans ses regards sans avidité, dans ses coups de couteau vifs et précis.

Ventre Affamé pensait pouvoir continuer ainsi toute sa vie à faire son travail honnêtement. Car s'il appréciait de déguster de temps en temps un Enfant à la broche, il aimait tout autant voir jouer un Enfant vivant, entendre rire un Enfant heureux, écouter respirer dans son sommeil profond un Enfant rassuré.

Et en cage, en batterie, Ventre Affamé savait que personne, pas même un Enfant, ne peut se sentir rassuré, ni heureux, ni vivant.

Il reçut un beau jour la visite de Ventriloque, l'Ogre responsable de la FNSEO (Fédération nationale des syndicats d'exploitants ogricoles). Ventriloque portait une barbe, comme la plupart des Ogres, mais la sienne était curieusement taillée en collier. Ça devait lui prendre un temps fou. C'est pour ça qu'il ne lui en restait presque plus pour élever ses Enfants.

– Salut, camarade! dit Ventriloque. Comment va? Hmm, dis donc, ça sent rudement bon chez toi! On peut savoir ce que tu fricotes?

– J'ai préparé de la terrine. Elle est en train de refroidir.

– Aah, je vois, dit Ventriloque en soulevant la serviette blanche qui recouvrait la terrine et en faisant trembloter ses narines d'une façon qui déplut tout de suite à Ventre Affamé, tu t'es fait une petite terrine d'Enfant à l'ancienne!

– Terrine, oui… Pourquoi à l'ancienne?! Tu veux peut-être en goûter une tranche? se força-t-il à ajouter pour faire preuve d'hospitalité.

– Mouais… c'est bon, évidemment, dit Ventriloque la bouche pleine après avoir vidé la terrine comme un goinfre qu'il était, mais est-ce que tu respectes les nouvelles normes d'hygiène ?

– Je respecte les Enfants, et je me respecte, moi. Ça suffit.

– Ah non, justement. Ça ne suffit plus. Tes Enfants, d'abord, tu les mets où ?

– Là-haut, dit Ventre Affamé en désignant le premier étage de sa belle maison.

– Pardon ? s'étrangla Ventriloque. Tu veux dire qu'ils dorment avec toi ?

– Non, pas avec moi, mais juste à côté.

– Tu es fou ?

– Non. C'est pour s'ils appellent la nuit.

– Ils ne sont pas censés appeler la nuit !

– Mais s'ils dorment mal, s'ils ont peur…

– S'ils dorment mal, tu leur donnes un somnifère. S'ils ont peur, tu leur donnes un tranquillisant. Bon sang, on n'a quand même pas inventé tout ça pour les chiens, non !

– Moi, s'ils ont peur, je préfère aller leur raconter une histoire.

– Raconter des histoires aux Enfants, non mais tu te crois à quel siècle, mon pauvre vieux ? C'est fini, ces bêtises ! Il faut vivre avec son temps !

– Vis avec ce que tu veux. Moi, ce que je préfère, c'est avec mes Enfants.

– Écoute, tu sais que je t'estime beaucoup, nos pères étaient au lycée ogricole ensemble, mais je ne peux pas te laisser continuer comme ça. Tu vas droit dans le mur. Tu les mets à combien dans le dortoir ?

– Il n'y a pas de dortoir. Ils ont chacun leur chambre.

– Chacun leur… ! Mais tu en as combien ?

– Cinq.

– C'est tout ?!

– C'est bien suffisant.

– Et tu en manges tous les combien ?

– Combien, combien, combien ! Tu n'as que ce mot-là à la bouche, ma parole ! Tu ne penses qu'aux chiffres, toi ! J'en mange régulièrement, voilà.

– Régulièrement… Mais c'est pas assez, ça ! Je me disais aussi… Tu es maigre comme un clou ! Tu travailles trop, c'est ça ? Tu te fais du souci à courir après tous ces sales gosses, tu te tues à satisfaire tous leurs caprices, ils te mènent par le bout du nez, ce n'est plus possible.

– Je… tenta de protester Ventre Affamé.

Mais il s'interrompit vite. La vérité, c'était que le nouveau système le dégoûtait tellement que par contrecoup il s'était intéressé et attaché aux Enfants de plus belle et qu'il avait complètement arrêté d'en manger, même « à l'ancienne » (la fameuse terrine que Ventriloque venait d'engloutir, c'étaient des champignons aux petits oignons). Et cette vérité-là, il n'était pas encore prêt à la dire. Ou plutôt les autres n'étaient pas prêts à l'entendre.

– De toute façon, c'est interdit maintenant de travailler comme tu le fais, continua Ventriloque. Il y a de nouveaux règlements, de nouvelles normes, de nouvelles exigences sanitaires et techniques. Tu fais tout à l'envers ! Des Enfants, il faut que tu en aies beaucoup plus que ça ! Cinq, c'est de la folie, ce n'est plus rentable ! En dessous de cent, ce n'est pas rentable ! On te l'a dit et répété ! Mais non, monsieur n'en fait qu'à sa tête ! Ils ont quel âge ?

– Alexandre a dix ans, Charline, huit ans, Mathilde, quatre et demi, Louis en a deux et Jules, le petit dernier, viens mon chou, regarde comme il sait déjà bien marcher ! onze mois.

Ventriloque hochait la tête et levait les yeux au ciel.

– Tu leur as donné des noms, soupira-t-il en regardant Ventre Affamé comme s'il avait affaire à un vrai demeuré. Et leur numéro à l'oreille, il est où ?

– Je ne leur en ai pas mis.

– Ah bon. Et pourquoi ?

– Ça leur fait mal.

– Ah oui, bien sûr, ça leur fait mal. Tu sais que c'est toi qui me fais mal, là ? Et tu comptes attendre encore longtemps pour les tuer ?

– Oh oui ! Le plus longtemps possible, n'est-ce pas mes petits cœurs ? Venez mes chéris, venez voir papa !

– Ben voyons ! Papa ! Et tu vas les laisser devenir adolescents, avec des poils partout et des muscles secs comme

des coups de trique ! Tu as l'intention d'attendre qu'ils soient immangeables pour te décider à les manger, c'est ça ? Si tu avais obéi à nos nouvelles directives, tu les aurais tous digérés depuis longtemps et on t'en aurait fourni d'autres, tout frais ! En six mois, dorénavant, ils sont prêts à consommer !

– Six mois ? Tu es fou ? Mais à six mois, ils pèsent quoi ? Huit kilos à tout casser…

– C'est toi qui es fou ! Si tu les nourrissais comme il faut, avec les compléments modernes, et si tu les mettais devant la télévision au lieu de les promener à longueur de temps, à six mois ils pèseraient au moins trente kilos et tu aurais à manger pour des jours et des jours !

– Six mois ! Mais à six mois, ils ne parlent même pas encore !

– Et alors, qu'est-ce que ça peut faire ?

– Ça peut faire que j'aime ça, moi, les entendre parler ! Je trouve ça beau.

– Ouin ouin ouin et hiii hiii hiii, tu trouves ça beau ? Libre à toi. Tu sais que tu me fais pitié ?

– Et toi tu me fais horreur! Tous, vous me faites horreur et honte! Vous êtes gros et gras, vous êtes obèses, vous êtes mous du bide et du cerveau! Vous êtes endormis par votre fric, votre confort, vous êtes devenus complètement inconscients! Mais je ne veux pas manger trop, moi! Je ne veux pas tuer par routine! Je ne veux pas gaspiller! Je ne veux pas jeter la moitié de mes Enfants comme vous le faites tous!

– Écoute, assez raisonné. Je te donne trois mois pour changer, ou je fais fermer ton exploitation.

– Ce n'est pas une exploitation! Je n'exploite personne, moi! C'est une MAISON où il fait bon vivre, qu'on soit un Ogre ou un Enfant!

CHAPITRE 5
Les mots changent

Tout avait changé très vite. Les mots avaient changé les premiers. Il suffit que les mots changent. Le reste ne met pas longtemps à suivre.

Les Enfants n'avaient plus de nom. Désormais, on les désignait tous par le petit numéro inscrit sur l'étiquette plastifiée qu'on leur agrafait à l'oreille, quelques jours après la naissance. Et non seulement les Enfants avaient cessé de s'appeler par leurs prénoms, mais ils avaient cessé aussi de s'appeler

des Enfants. Ils étaient devenus *des produits* que la flambant neuve industrie ogroalimentaire était fière de déverser sur le marché. Bourrés d'hormones de croissance accélérée, d'antibiotiques, de produits chimiques et de bouillies en sachets, ils avaient l'air de prospérer

parce qu'ils étaient tout lisses et replets.

Ventre Affamé non plus ne s'appelait plus comme avant. Les autres avaient trouvé que le nom qu'il s'était choisi sonnait mal, faisait pauvre, malade et sous-développé. N'était pas digne d'eux et de leur Civilisation du Plein, du Trop, du Repu et du Gavé. Il avait perdu le droit d'être un Ventre.

Ils l'avaient mis au ban de leur société, et entre eux ils le surnommaient l'Ogre maigre, ce qui symbolisait pour eux le comble de la régression, le summum de la honte, le scandale par excellence.

Pourtant ex-Ventre Affamé avait toujours faim. Il avait faim plus que jamais. Bien sûr, il avait faim de viandes, de victuailles et de vivres, ces mots superbes qui signifient *la vie*. C'était sa nature, après tout. Mais il avait faim aussi de paroles et de regards. Faim de justice et de vérité. Car l'Ogre ne vit pas que d'Enfants. Et encore moins de *produits industriels* en barquettes.

Or, de paroles et de regards, de justice et de vérité, il en était cruellement privé.

On lui avait pris ses petits, au prétexte qu'il les élevait mal. On lui avait pris sa maison, parce qu'elle n'était plus aux normes. On lui avait pris son honneur et sa réputation. Pendant quelque temps, il crut même qu'on avait réussi à lui prendre ce qu'il avait de plus précieux et de plus sûr : son amour de la vie, sa confiance dans l'avenir.

Il partit à travers le pays. Il n'avait plus rien à perdre. Au long de son voyage, il apprit à se nourrir autrement. Il se reconvertit. Jamais sur toute la surface de la terre on n'avait vu un Ogre creuser le sol pour déterrer des carottes et des patates ? C'est ce qu'on vit. Jamais on n'avait vu un Ogre grimper aux arbres pour cueillir des pommes et des olives ? C'est ce qu'il fit. Comme il était svelte, il ne risquait pas de casser les branches. Son pillage passa presque inaperçu. Les autres crurent qu'il avait disparu.

Il voyagea longtemps et il put mesurer, au fur et à mesure qu'il progressait, combien le monde était en train de se métamorphoser.

Auparavant, déjà, certains Ogres des villes venus passer le week-end à la campagne avaient pris l'habitude de râler parce que, le dimanche matin, le joyeux babil des Enfants au réveil les empêchait de faire l'ogresse matinée. Ils avaient menacé de porter plainte. Les plus cruels étaient allés jusqu'à exiger qu'on boucle les petits, ou qu'on leur coupe la langue.

Peu à peu, ils avaient eu gain de cause. Les Enfants ne traînaient plus devant les maisons comme avant. Ils ne jouaient plus dans les rues ni sur les places. C'était trop menaçant. Pour le confort des habitants.

Maintenant, on ne voyait même plus d'Enfants dans les prés, ni les bois ni les champs. En quelques années, la campagne était devenue déserte et silencieuse. On apercevait encore çà et là un troupeau minuscule, ridicule, un troupuscule, juste de quoi pouvoir dire qu'ils existaient encore. Les prairies d'autrefois, où les bambins gambadaient et jouaient à cache-cache dans les herbes hautes, ne s'étalaient plus que dans les réclames pour les produits du terroir et sur les étiquettes d'Enfants « à l'ancienne ».

Sur ces emballages champêtres, dans ces films publicitaires bucoliques, tout n'était que mensonge. Tout le monde le savait. Personne ne voulait y penser. Parce que ça faisait trop mal.

Car quand on y réfléchit bien, les Ogres et les Enfants appartiennent presque à la même espèce. Il s'en était fallu de quelques gènes, de trois ou quatre molécules, et ils auraient été frères.

La vérité, c'était que les Ogres cachaient les Enfants.

Ils cachaient la promiscuité, la saleté, la violence de la mécanisation des élevages, les durs robots de traite des mamelles des mamans dont l'efficacité froide avait remplacé la douceur de la tétée.

Ils cachaient les traitements inhumains qu'ils infligeaient aux Enfants, par égoïsme et goût du lucre. Ils cachaient les coups de pied et les coups de bâton qu'ils leur assénaient en les poussant vers les camions des abattoirs.

Ils cachaient le grand vide de leurs regards perdus.

Ils cachaient leurs cheveux ternes, leurs jambes flageolantes, leurs corps obèses, grossis trop vite, nourris trop mal, bousculés, jamais caressés, gonflés de médicaments, de chagrins et de farines mystérieuses.

Ils cachaient leur manque d'amour pour les Enfants. Parce que, s'ils l'avaient regardé en face, il les aurait torturés, eux, les Ogres. Il leur aurait fait honte. Il n'aurait pas pu durer. Il leur aurait coupé l'appétit. Ils n'auraient plus été capables d'avaler le moindre morceau d'Enfant. Alors ils seraient morts de faim, à moins d'avoir assez de caractère pour changer de régime, comme l'avait fait Ventre Affamé.

Mais c'est une autre catastrophe qui les guettait.

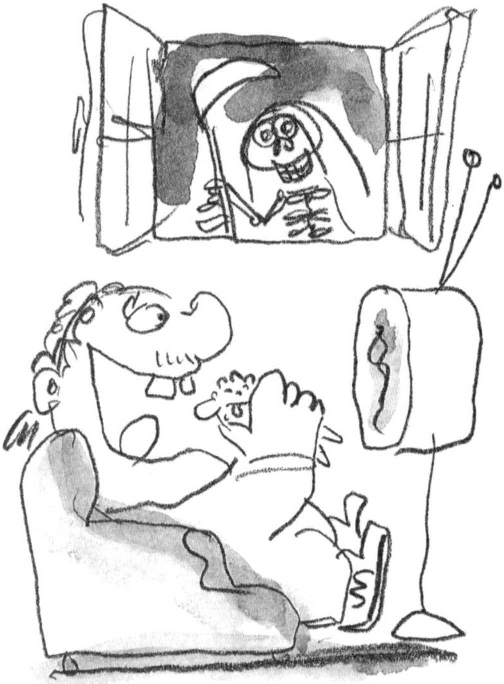

CHAPITRE 6
La maladie de l'Enfant fou

Au début, les responsables, Ogres politiques et scientifiques, avaient tenu la chose secrète. Leur raisonnement était le suivant : si c'était vrai, ce serait tellement affreux que personne ne pourrait le supporter. Donc ce n'est pas vrai. Faisons comme si et n'en parlons plus.

Le scandale éclata le jour où Ventripotent, un jeune Ogre gourmand, à la santé jusque-là florissante, mourut dans d'atroces souffrances d'une maladie inconnue. Ses parents terrassés par le chagrin exigèrent une enquête. Ce qu'on découvrit était terrible.

À force d'être élevés ou plutôt *rabaissés* les uns sur les autres dans des crèches surchauffées d'où ils ne sortaient jamais, à force d'être poussés à grandir dix fois trop vite, à force d'être arrachés à leur mère dès la naissance, à force d'être gavés comme des oies, sans un geste tendre, sans une parole aimante, sans un regard bienveillant, sans jeux, sans rires, les Enfants avaient développé une maladie nouvelle que les Ogres attrapaient à leur tour en les croquant. Leur langue pendait, leurs membres tremblaient, ils ne tenaient plus sur leurs gambettes, ils couraient dans tous les sens et finissaient par s'écrouler par terre, agités de soubresauts pitoyables. Ils étaient dénaturés.

Ils étaient mauvais. Ils étaient plus mortels que des champignons empoisonnés. Comme ils avaient l'air dingue avec leur bouche qui bavait et leurs yeux révulsés, on avait appelé leur maladie « l'Enfant fou ».

C'était bien la peine d'avoir accompli tous ces efforts et réalisé toutes ces transformations pour en arriver là.

Dans la panique et l'incertitude qui avaient suivi la découverte du nouveau fléau, les autorités avaient ordonné l'abattage systématique des troupeaux dans lesquels ne fût-ce qu'un Enfant était tombé malade. *Par précaution*, disaient-elles dans leur langue de bois. Sans savoir si les autres risquaient d'être contaminés. Sans être certains que le massacre était indispensable. C'était la ruine assurée pour les Ogres. Certains

tentaient de résister en mentant aux médecins, en cachant leurs Enfants fous, en les vendant à la sauvette, ce qui

ne faisait que propager la maladie. Les plus désespérés allaient se pendre au fond de leur grange.

Le gigantesque pays des Ogres, jadis si prospère, était devenu la proie de la famine et de la peur.

Ventre Affamé avait suivi l'affaire avec une consternation de plus en plus profonde. Il s'était rongé les sangs. Il s'était consumé de l'intérieur. Il avait dû perdre encore deux ou trois kilos, déjà qu'il n'en comptait pas lourd. Il aurait pu se réjouir en pensant : « Je l'avais bien dit ! Ça devait finir comme ça ! Qui est-ce qui avait raison, hein ? Si vous m'aviez écouté quand il était encore temps ! » Mais ce n'était pas du tout son genre de se réjouir du malheur d'autrui, et de se contenter d'avoir raison quand le pays sombrait dans la démence et le désespoir. Il avait mal et il s'affligeait en son cœur, et le spectacle atroce des grands bûchers qu'on allumait partout pour y jeter les Enfants condamnés lui arrachait des larmes amères.

Il fallait faire quelque chose.

Chapitre 7
Un Enfant comme avant

Au cours de son périple à travers le pays, Ventre Affamé, dit l'Ogre maigre, s'était remis à chasser comme autrefois. Pour voir s'il en était toujours capable. Mais aussi parce que les contacts enfantins lui manquaient. Chaque fois, il relâchait ses proies sans leur faire aucun mal. Les Enfants sauvages étaient si rares ! Une vraie espèce en voie de disparition. Un matin de neige, dans la montagne où il avait élu domicile au fond d'une grotte, il en attrapa un qui parlait déjà et tous les deux ils se mirent à se raconter leur vie. Ventre Affamé avait tout de suite rassuré l'Enfant : il n'allait pas le manger. Il préférait goûter sa compagnie, savourer sa présence et dévorer avec lui des recueils de contes et légendes qui les distrayaient du malheur ambiant. Il prenait plaisir, comme au bon vieux temps, à découvrir avec un Enfant les merveilles de la Nature chaque jour renouvelées, à suivre la course des saisons, à discuter de la pluie et du beau temps, à partager au coin du feu le produit de la cueillette et de la pêche.

– J'aime pas le poisson ! disait l'Enfant sauvage.

– Écoute, Sylvain, répliquait Ventre Affamé, car c'est ainsi qu'il l'avait baptisé, tu crois vraiment que c'est le moment de faire ton petit difficile ? Le pays entier est à feu et à sang, tu as la chance d'avoir quelque chose de sain dans ton assiette, alors tu manges !

– Y a des arêtes ! pleurnichait Sylvain.

– N'importe quoi ! Je les ai toutes ôtées !

Il faisait mine de gronder, mais dans son for intérieur il était ravi. Il avait un Enfant à côté de lui ! Un Enfant vivant, un Enfant bien portant, un Enfant nature qui chipotait son plat de truite et sa fricassée de champignons ! C'était presque le bonheur.

Quand ils vivaient à l'état sauvage, les Enfants avaient tous un langage bien à eux, incompréhensible au commun des Ogres. Ils étaient capables de s'envoyer des signaux de détresse ou

d'allégresse, de s'avertir de dangers par la force du chant ou de la pensée, de s'indiquer par-delà les obstacles où ils se cachaient et comment y arriver.

Sylvain l'Enfant sauvage était doué de ces pouvoirs. Les Enfants élevés (ou plutôt *rabaissés*, insistons-nous) hors sol, en batterie, les avaient perdus quasi totalement. Un jour, cependant, alors que Sylvain faisait un Ogre de neige sous la surveillance attendrie de Ventre Affamé, il perçut comme un appel.

– Qu'est-ce qui se passe ? Tu as froid, mon petit chou ? s'inquiéta Ventre Affamé en le voyant se figer dans la neige et se mettre à trembler.

L'Enfant sauvage ne répondit pas. Il était trop occupé à se concentrer sur les pensées désordonnées qu'il recevait comme des gifles intérieures et qui criaient *J'ai peur, Au secours, Je vais mourir, À l'aide.*

– Dis-moi ce qui ne va pas, insista Ventre Affamé en s'approchant de lui.

– Rien ne va, dit Sylvain gravement en le regardant dans les yeux. Nous allons tous disparaître. Bientôt il n'y aura plus d'Enfants.

En contrebas, dans la vallée, montaient les sinistres fumées des bûchers.

– Qu'est-ce qu'on peut faire ? Tu crois que moi j'y peux quelque chose ?

– Oui, murmura l'Enfant en tendant les bras pour que l'Ogre le prenne sur ses épaules. Tu ne peux pas nous sauver tous. Mais tu m'as déjà sauvé, moi. Viens, je vais te guider, et tu pourras peut-être sauver un Enfant fou.

CHAPITRE 8
Le sauvetage de l'Enfant fou

L'Enfant fou faisait peine à voir.

Il était couché de travers sur sa descente de lit, les yeux clos, les membres las, tout le corps agité de faibles tremblements.

Il ne pouvait pas comprendre ce qui lui arrivait, il était trop petit, trop mal élevé, et déjà trop malade. Mais, s'il avait pu entendre les informations à la radio ou à la télévision, il aurait été encore plus effondré. Car, en haut lieu, la décision avait été prise pour son troupeau, et cette décision était terrible. Il le devinait, il le pressentait. Il se sentait coupable. Il n'avait plus la force de crier. Il pouvait seulement, grâce à son ancestral instinct de survie, envoyer par la pensée des SOS à ses semblables.

Mais ses semblables étaient comme lui. Trop lourds pour s'échapper. Trop faibles pour se révolter. Trop seuls pour changer en vie la mort qui s'approchait. Tous enfermés, tous gavés, tous atteints.

Tous, sauf un.

Avec sa haute taille, sa souplesse et son poids plume, il fut facile à Ventre Affamé de se glisser par la fenêtre entrouverte du dortoir.

L'odeur qui régnait là était épouvantable.

C'était une odeur de draps sales, de médicaments inutiles, de fièvre et de désespoir. Presque une odeur de mort.

Une fois à l'intérieur, l'Ogre maigre ouvrit la fenêtre en grand.

Les Enfants cloués au lit tournèrent leurs regards vers l'Enfant fou cloué au sol. Quand l'Ogre maigre s'approcha de lui, ils le regardèrent aussi. Il leur sembla distinguer dans l'ombre une forme familière sur son dos.

– Chut ! fit-il en collant son maigre doigt contre ses maigres lèvres.

Mais ce n'était pas la peine. Les pleurs s'arrêtèrent. Les gémissements cessèrent. Ils retenaient leur souffle. Ils attendaient.

L'Ogre maigre s'agenouilla à côté de l'Enfant fou. Il lui caressa la joue, laissa sa maigre paume rafraîchir un peu le

front brûlant. Il lui murmura des paroles de consolation et une parole d'espoir. Puis il le prit doucement dans

ses maigres bras, bien serré contre son maigre torse, et d'un bond il sauta par la fenêtre, et hop! Hop! À travers la cour, et à travers les champs, et à travers les étendues de neige immaculée, et par monts, et par vaux.

Comme au bon vieux temps.

L'escapade lui donnait des ailes. Il se sentait rajeunir. Bien enveloppé dans ses longs bras, le petit corps de l'Enfant fou se réchauffait peu à peu, et semblait reprendre vie. Là-haut, sur ses épaules, l'Enfant sauvage s'agrippait fort, à lui faire mal, à son maigre cou, et il se décarcassait pour toucher, lui aussi, son pareil l'Enfant fou, très doucement, du bout des doigts.

– Tu vas voir. Tu vas voir, répétait l'Ogre maigre.

Mais il ne savait pas exactement comment continuer. Alors il disait encore :

– Tu vas voir ce que tu vas voir !

Et aussitôt il se souvenait que cette

phrase était souvent une menace dans la langue des Ogres. Les pauvres. Les imbéciles. Les malheureux. C'était tout ce qu'ils savaient faire aux Enfants désormais : leur faire peur. Leur faire mal. Leur faire horreur. Eux qui auraient pu les comprendre mieux que personne.

– Tu vas voir, tu vas guérir, souffla-t-il entre deux maigres larmes qui s'étaient mises à couler sur ses maigres joues.

Quand ils arrivèrent à la grotte de l'Ogre, l'Enfant fou ne tremblait plus, et l'Enfant sauvage souriait.

– C'est une fille, dit Sylvain.

– Je sais, dit Ventre Affamé. On va l'appeler Aimée.